きみと猫と、クラムチャウダー

佐々木蒼馬

七月堂

スイッチが切れたように静かだ

帰り道はいつも、
ひとりだ、ということを確かめる
真っ暗な寒空の下を
前屈みに足音を響かせて
白い吐息をたどって駅へと歩いていく人々も、
この、帰り道を歩くときばかりは
疲労と、空腹と、
長い、長い、人生のなかを歩いている

マンションの一室、
ブラウン管テレビの前で
祖母に東北訛りで「アンパンマンみてえだあ」と言われている
泣きはらして真っ赤な頬が夕日のようだったから
腎臓病で入院した幼稚園のゆかり先生の
お見舞いに行くと、
「一個とっちゃったの」って笑っていた
嗚呼。サッカーボールを川に落としたときの喪失感

流れていくボールをなすすべもなく追いかけて
やがて、手のとどかない、
想像もできない場所にボールが流れていってしまうことを思って
いつもいじめられている人のとなりにいたのはどうして
なぜだかはわからない
なぜだかはわからないが
好きな人ができた
手のとどかないところに、行ってしまった
夜中に、ギターを弾いて歌を歌った
そうしなければ、
泣いてしまうから、いまも
ただ、何者かになりたかった

それだけなのに、

愛する人と猫が待つ食卓に帰りたい
餌をねだる黒猫の瞳がなによりも清らかで
きみはまぁだ、待ちなさいなんて言って
あたたかいクラムチャウダーの入った青い器を僕に差し出し
あったまるよと声をかけてくれる
猫にキャットフードを与えて
今日ね、ママに会ったらくれたの
クリーム系は苦手って言ってたけど

私が食べたいから作っちゃった
食べられる？

目を凝らすと
三〇年後の食卓も
淡い色の風景のなかできみが
まだ猫とともに座っている
ティーポット、ティーカップ、果物、水の入った瓶、
何か言っている
ぼんやりと見えている

こんな生活が、
あるのだとしたら

見えているなら、僕の名前を呼んでくれ
そこに、僕がいるなら、返事をしてくれ

おいしいよ、
きみがつくったクラムチャウダー、

なんて、
言ってみたかった

駅から降り立って、
真っ暗な寒空の下で
前屈みに足音を響かせていると雨が降ってきた

傘のない手がふるえて、
ほのかに赤い看板が
あたたかに光るラーメン屋に入って
かじかむ手でラーメンを啜る
魚介のだしがこれほどに沁みるなんて知らなかった
胃が、泣き叫びたくなっているのを
ほかの客が麺を啜る音を聴きながらこらえている
そんな気持ちを
言葉にすることができないまま
「お会計８８０円になります」
「また、お願いします」
財布に１００円玉と10円玉を二枚しまって、
また、冷たく降りしきる雨の中を歩き出す

さっき食べたばかりのはずが、いつも、僕たちはおなかをすかせているんだよね。

きみと
猫と、
クラムチャウダー

装画＝カトウトモカ

目次

I

青信号

早朝のはりつめた空気
横断歩道の白と黒
車の行き交う音
赤信号のまえで人々は待っている

束の間
ポケットからとりだした
スマートフォンを眺めて

ふたたびポケットにもどす
やりどころのない心で
曇天を見上げる
ふと
空中に青い紙が舞う
フードデリバリーのチラシの
行方を辿る眼差し

ここは
青信号の時間が短い
真ん中の島を経由して彼岸に渡らねばならない
ギリギリの時間に設定されている
人類に与えられた最期の光

毎朝6時50分
早朝のはりつめた空気
横断歩道の白と黒
車の行き交う音がやむ

あの日

平日、
午後二時の公園では
木々が葉を繁らせてただ立っている
その下の砂場で
砂を掘っている子どもが
シャベルを天高くかかげる
なにを掘り出したのか
あの日のわたしも知っていたはずなのに

いまでは見つけられないでいる
そばに立つ母親たちが、心配そうに
泥だらけの服を見つめているように

ゆれる二つのブランコ
それぞれに背中を押す父親の手がある
背中を押すということの意味
あの日、泣きながら
坂をかけおりたあとの手のあたたかさ
いまも、ただひとりの哀しい日々を思って
もう大丈夫、大丈夫だから、と
背中を押してほしいのに
ただ遠くで、木の葉がうなずいているだけで

「見てぇ」と
滑り台の上にのぼって叫ぶ男の子がいる
滑ることよりも、
高いところに登ることのほうが
男の子には大事なのだ
だから
滑りきるまで
大きく手をふって

「ママぁ、どこぉ」と
三輪車に乗って探しまわっているきみは
あと何周すればママが見つかるのだろうか
いつまでも透明なままの日々を

触れることのできない日々を
目の前でくりかえしている
しかし

ボールを追いかけて
トコトコと歩く女の子は
ボールの先にいる母親に
一歩ずつ、一歩ずつ
たしかに近づいていくように
何もかも
光にあふれて
木の葉のゆらめきが
地面をくゆらせ

そのうえを蟻が列をなして
鳩が二羽、首をふりながら歩いている
あの日と変わらない
何も変わらずに
影のようにおりたったすずめが、
二、三歩跳ねて、
風のようにとおりすぎる
それだけなのに
どうしてこんなにまぶしいのか
地について消えるシャボン玉
「あ、」
シャボン玉の行方を目で追うわたしと
シャボン玉を吹く母親を見つめる子に

ひときわ強い風が吹く
子どもはシャボン玉を走って追いかけていく
やがて
水場で遊んでいた男の子が
勢いよく手足を広げ
なにごとか大きな声をあげて
駆け出していった
その
泥水がはねて
わたしのシャツに
一つの染みをつくった

あの日

食欲

何か食べなくては
帰り道でふと
生きることを思い出した
明るいコンビニに立ち寄り
何を食べようか考えても
どれも違う気がする
カップ麺
おにぎり

親子丼

冷えた手が
「肉まんをください」と言わせた
「いま、切らしていて」
「では、ピザまんを」
「よろしいのですか？」
「え？」

帰途

いつもの駐輪場のまえを歩く
街灯が小刻みに点滅していることにはもうずいぶんまえから気づいていた
誰もがあの点滅に気づきながらこの道を通りすぎていくのだろう
十三時間の空白を埋める
帰路の風景がそこにある

自動販売機の明かりは
細い下り坂を照らすには充分な光

電車が絶え間なく通過と停車を繰返して
遮断機とともに真っ赤な音が遠くまで響いている

おれは、

肩にかけた革鞄をだらりと下ろして
月がぼやっとした曇り空がそこにある
道端、
明かりのついたアパートで洗濯機がまわっている
コンクリートうちっぱなしの部屋から今日のヒップホップが顔を覗かせる
外に出て煙草を吸っている男のスマートフォンの青い光
おれの部屋のドアには一つしか鍵をかけない
おれの部屋のにおい

コーラの缶が足元で鳴る
少しずつ電球が明るくなる
そこらじゅうに無残に倒れるワイシャツの山
スーツを脱ぎ捨ててまた、役目を終えた兵士の死骸が積み上がる
ただいまあ、
返事がない
ただの屍でしかない
おれは、
ソファに身を任せて
録画したアニメを見ていく

そこにおれはいなかった

いないはずのおれがいて
少女たちがおれのまわりにいた
おれを無条件に
ただ肯定する少女たちが
おれにぬるいコーラを飲ませる
甘たるい刺激がこの世界に帰る場所を与えた
これが生きるということか

雨がふりはじめたのはちょうどそのころだった
季節が変わろうとして
風もばたばたしはじめて
世界はいま、大きく息を吸って
眠りにつこうとしている

おれだけが、目覚めている
その感覚が、また眠りに誘って、
いつしか、おれはまた
あの帰り道に立っている

II

フェノメノン

真夏の夜の海
浜辺でゆれる火
波音と風に踊っている少女の影

なにもかも、
とどまるものはなかった
ゆらいだ世界の真ん中に
私は弔われ、

浮かんでいるようだった

心地よい四肢の疲労がある
今日も電車にゆられて
生ぬるい湿り気をおびた人肌と
重機のように熱っぽい呼気をまとって
誰かと同じ言葉をしゃべりつづけた

点滅している街灯の下を歩いて帰ると
ふと、立ち止まらせる何かがいる
曲がり角の家の門の向こうで猫が鳴いた
なぜ鳴いたのか
私に向かって鳴いたのか

なんだあと声をあげるけれども何もいなくなっていた

薄暗い部屋のなかで眠りに落ちていく感覚を味わっていると
すぐに目覚めのときが近いことを感じる
遮光カーテンからのぞくほのかな光のなかで
朧げに、もう帰りたい、
と思うのは、ここは私の帰る場所ではないということか
などと考えているとまた私の目の前に
いっぱいに人の詰まった電車の扉が口をあけている
女学生たちのしゃべる声に時間が横滑っていき
また、私はここにいるのだった

あれは、少女のはずなんだが……、

遠のいていく風景、
夜の闇の中で踊っているはずの少女は笑っている
「つかまえてごらんなさい」
わずかな輪郭だけが火に照らされて、
海の表情も私にはわからない
うつろいゆく景色にひたすら呼ばれている気がする
波風の音は、やがて野山のせせらぎとなり
浜辺のゆれる火は蛍の群れとなった
黄緑色の光の帯だけが私の眼前を通り過ぎていく
それを美しいと思うこころは
あの光を辿ることしかできない
私たちの無力にある

そしてまた、
風景はうつろう、
真っ白なキャンバスの上の
描かれたわけでもない電柱の影模様、
淡い恋のはじめ、
少女は、きみと、猫と、
高鳴る鼓動、
胎動、する
母が、
呼んでいる、
ここは、
ゆたかだ、
　あたたかだ、

ほのかなる、　ゆらぎだ、

言葉しかもたない私たちの果ての果て、

ここは、やさしい、
ここは、感じる、
ここは、つながる、
ここは、きみと、
ここは、
ここ、
こ、
、

おまじない

土曜日の夜
緊急事態宣言が明けた新宿歌舞伎町で
恋人と焼肉屋を探して入った

どこも満席ばかりで途方に暮れて
ネオンで明るい空を見上げると
高いところに老舗を謳った焼肉屋を見つけた

エレベーターであがると
そこは異界のようにしずまりかえっていた
恐る恐る席について
飲み物と肉を二、三注文すると
感じのいい中年男性がすぐに
コーラサワーとウーロンハイを持ってやってくる
乾杯と杯を合わせて一杯やると
ジョッキを見つめて恋人が妙な顔をする

しばらくして肉が運ばれてくる
皿に牛タンが四枚のっていて
中年男性が焼き方を明るく説明してくれる
言われたとおりに焼いて

口に運ぶけれど
なぜだかおいしくなかった
恋人も口にしたとき何も言わなかった

カルビが運ばれてくると
やはり四枚しかない肉は硬く
「美味しい肉の焼き方はね、肉汁が浮いてきたら……」
と中年男性の明るい声だけが響いている

「追加はいかがですか?」と聞かれたが
「おなかいっぱいです」と恋人が答えた

会計をたのむと中年男性は

夜の街の騒ぎ以降人が来なくなったという
人はたくさん出ているが入ってこないという
このビルはほとんどのテナントが店を閉めてしまったという
老舗のこの店ばかりがいつか客が戻ってくるのを待っているという
そして、
差し出された六七二一円と書かれた伝票を見て
恋人と顔を見合わせた

会計が終わって恋人が言う
「あの人、小指の爪だけが異様に長かったよ」
「なんでだろうね」
「夢を叶えるおまじないって聞いたことがあるよ」
ふたたび人が戻ってくることを願うおまじないなのだろうか

（あとで調べると他にも危ない意味もあるのだとか）
「それより、付き合いたてだったら別れてたと思う」
と恋人が真顔で言うので
「あそこのジェラート、まだやってるかな」と声をかけ
ふたたび夜の街を恋人と歩いていく
「きみも、止めなかったじゃないか」
なんて言葉はそっと胸にしまいこんで

過ごした時間の長さが、
人と人とを
つなぎとめるのなら——

日記

日曜日の朝
窓をあけたあとの陽光
香る金木犀
緑の葉が輝いてふわふわと風にゆれている
たまご料理のブランチ
アールグレイのアイスティーと
ドリップのブレンドコーヒー
洗濯機がまわり

ホワイトフローラルの柔軟剤の香りもまざり
きみが、
掃除機をかけているあいだ
窓から差し込む光をとらえようとする猫
カラッとした空気
少し汗ばみそうな気温
あと少し、
涼しいといいのだけれど、
とアイスティーの氷が溶けだす音がする
きみが持ってきた
シャインマスカットの一粒をつまんで
果実の甘さがにじむ
靴を磨いて

洗濯物を干し
調味料や洗剤や
ゴミ袋がないことに気づいて
買い物リストにメモをとるように
この日曜日の朝を
忘れないでおきたい

祈り

日中干していた
洗濯物をとりこむ
柔軟剤のかおりは
きみのかおり
教わったとおりに
タオルを折りたたむ

「ここを折って、こう

　いい？」
「ここを折って、こう」
「ちがう
　ここを折って、こう」
「ここを折って、
　あ、できた」

温かな部屋のなか
静かに
衣ずれの音がする

III

Blue Blue Paintings

花を模した光彩の絶えまない動きのなかに
　底より溢れでるものがある

まるで
海中を泳いでいたかのように
息づまった
小さな部屋のなかで
浅い呼吸をくりかえしている疲れた四肢は

携帯端末の通知ＬＥＤの点滅を見つめて
冷蔵庫のファンの低い唸りを聴く
壁に響く隣室の住人の声の輪郭をなぞり
夜闇に紛れて命を削る秒針とともに
線路を行く電車と踏切の高鳴りを夢見る

濃紺色をしたそれらは
とうに冷え切った記憶を
寝台の上の歪に曲がった背骨に隠していく

痛みが、叫びとなるのは
生きることの理不尽さに耐えられなくなった身体が
束の間、
忘却という退屈を喜ぶ声をあげているから

私は、
何か、言おうとしているのか

あなたと帰るといつも雨が降る（なぜ）
思い出はいつの日も（なぜ）
二人で入るには小さすぎる傘（なぜ）
いっそ、濡れたまま帰ろうか（なぜ）
溺れて、溺れて、（なぜ）二人浅瀬で溺れることを選んだか
そもそも、
（なぜ）、雨が降っているのか
いつも、（なぜ）

あなたは、
そこにいるのか

雨の降る夜
背骨に隠されていたのは
私を殺す剣であったのかもしれない
ずっと、私のなかにあったもの
剣は、あの日から抜かれたまま
眠りについていたはずのこの世界を
雷鳴のように貫いて
世界に静寂をもたらす言葉を告げる

「愛（した人を殺）した」

叫びは、
濃紺色で塗り重ねた海の底から
青い青い闇の底から　青い青い闇の底から
漂流をつづけて
やがて、その刃を喉元につきつける

おまえは、滅びなければならない。
おまえのものは、何一つ残らない。

私はただ、その雷鳴を待っている
海の底まで照らすような
あの稲光を待って、生き長らえている

あなたも、
そうなのではないか

花を模した光彩の絶えまない動きのなかに
底より溢れでるものがある

いつもそうだ、
いつもそうだった、
いつも、

微笑んでいた

手のひら

車窓の雨だれ
ピントの合わない夜の雫の
小刻みの震え
ゆっくりとうつろう
どこか遠くから届いた
幾多の涙のながれから目を背けて
たちならぶ人々は仄かに窓に浮かび
みな一様に

じっ、と手を見て

はたらけど、
はたらけど、
なお、

帰りゆく人々の思い出は
手のひらに刻まれることを覆い隠すように
いま
めのまえで
あのときのことが
ブルーライトの記憶の結晶にすりかわる

わすれて、
わすれていたかったのに、

車窓の
向こうで手を振っている
乗客がいることなんてかまうことなく
涙が、止まらなかった
どこにでもある
ありきたりな別れがあった
いつ、泣きやんだのか
どうやって帰りついて
また、こんな日々を生きるようになったのか
いまとなってはわからないけれど

そんな
すぎゆく風景がいとしい

ドアがひらいて
また明日ね、なんて
ちょっと目くばせするくらいの
さよなら
背を追ったさきに
なんで明日があるなんて
うたがうこともしなかったのだろう
帰ることのない
そんな
すぎゆく風景が

いとしい

なにも、
覚えることさえしなくなり、
あえなく、
わすれゆくことを
わすれさせられたわたしたちは、
いつまでも帰り道のなかで
じっ、と手を見て
なお、
その手ざわりを
一方の、
濡れた傘をもつ手にしみこませているのだろう

つめたく
手のひらのなかから
傘をつたって
したたりおちる日々のなかで
あの日
つないだ
あなたの手のぬくもりが
ふたり
雨にうたれて
傘に身をよせて帰りついた部屋に
なお、
なお、

さめることのない夜明けに
ひとり
思い出すのだろう
いつも
あのときはどうして、と
問いかけることしかできなかった
その
ぬくもりのことを

ただいま

音のない夜だった

職場をあとにして歩く道は
いつもとどこかがちがった
透明な音だけが
紫がかった空に流れていった

だからといって
美しいとか
淋しいだとか
そういう人間らしい感動もない

ビルの赤い光
黙ったまま
すれちがう人々
居酒屋の提灯のなか
換気扇の吐息
横断歩道の行き交い
駅のホームに響く号令
「発車します」という声

少し駆け足になる人々
吊革のきしみ
深いため息
スマホのなかの異世界

だから
なんなのだろう

いつもの駅でおりて
家までの道
街灯がならんで道を照らす
はじめて見たかのような風景
黒ずんだ白熱蛍光灯

アパートの
スチール製の郵便受けをあける
なにもない空間を見て
今日が終わったと思った

階段をあがって
アパートの通路に
カナブンの死骸が転がっている
そんなところに帰ってきては
ただいまと言って

もう
一つの季節をまたいだというのに

自然にかえることもできない命が
無感動に投げ出されている

下書き

いつも、帰り道なんだよね。

肩にかけたバッグの重み。傾いている背中。首をかしげた街灯の下の路地裏のオンステージ。ゴム底のストレートチップ。カレーの匂いのする夜道のあと、セブンイレブンの中華丼をレンジに入れて待っている。「一日の半分の野菜がとれる」、そんな謳い文句に安心を買いつつ、明日の朝も野菜ジュースをコンビニで買う。ネクタイをほどいてジャケットをハンガーにかけて、二度、ブラシを往復させるとソファで無意味なアニメを二つ見てあたたまった中華丼を口に運ぶ。ふうっと息を吐いて、沸いた風呂のなかでTwitterを流し見る。何か言いたくなって、何も言わなかった書きかけのツイートがもう53件ある。新大久保で買った韓国製の化粧水を肌にすりこませてベッドに倒れ込んで五度、死んだように眠る。口内炎の痛む目覚め。沁みる野菜ジュースが傷を癒す錯覚。ビタミン剤の異様な尿の色。電車に乗ると腹部にまた嫌な感じがして、手をあてながら、駅についてコンビニにかけこむイメージを絶えず描いて流れていく風景をやりすごす。不自然なフォームでかけこんだコンビニで余計に一つ栄養を気遣った一品を買う。職場までの道で深呼吸。同僚が前方に歩いているのを見つけて少しテンポを落として、暗くなったこの道を思う。

「いつも、帰り道なんだよね。」

片手で書きかけのツイートを増やす。

「下書きに保存しますか?」

「――保存」

そうして

「お疲れさまでした」という上司の言葉で週末に入る。

肩にかけたバッグの重み
傾いている背中
首をかしげた街灯の下の路地裏のオンステージ
この日々も
下書きならよかった
けれど
あのとき言えなかった言葉が
何も言わなかったというその何かが
この日々をなお、生きのびようとして
いつもの帰り道で
ぼくにこのようなものを書かせている
「これは、下書きではない。」

そう
つぶやきながら

新宿人類史

また、ここに来ている
新宿三丁目の伊勢丹に黄金の光
掌におさめた
コンパクトカメラを空にかざして
ファインダーを覗く男の横顔を通り過ぎる
陰翳の澱み
うたかたの人々の行き交う
新宿御苑に向かう交差点のあたり

閉園時間をすぎて
未練に染まる紫色の
ぼんやり霞むドコモタワーは
一八時四〇分を指して
空の深いマゼンタの色調のうえに立っている

ここに居場所があるというわけでもない
ただ通り過ぎる
一人きりの人たちが
ただ疲れている、とか
仕事帰りの手持ち無沙汰、とか
たぶん、それだけのことで
毎週毎週、ここにやってきては

もう十年が過ぎてしまった
と呟くような
そんな、
夕暮れの青い風景を知っている

横断歩道の白と黒の上で点滅する歩行者用の信号が美しい
幽霊のように浮かび上がる青信号の輪郭《ソフトフォーカス》を撫でたい
非常時を思わせるだけの赤信号に恋をしていたい
信号に合わせて知らない人々が
行き交っているのを見つめて眠りたい
駆け抜けていく自転車のスピードの象徴は残像
白いワイシャツのネガ
ぽっかりと暗闇に浮かぶ部屋を思い出す

帰れない
新宿三丁目の夕闇のなかで
埃だらけのビルの裏側
錆び付いた水道管に
誰が貼り付けたのか
アメリカン・グラフィティーなステッカーにまじって
なぜだか、にほんで
いきている、ということ
なんて書いてあって
一人、路上で笑ってしまう

今朝の満員電車の中で
世界的ベストセラーの人類史の本を読んだ

ワレワレハドコカラキテ、
なんて擦り切れた殺戮の歴史を引き摺って
新宿三丁目を歩き回っている
ここにはマンモスもいないしワニもいない
ホモ・ネアンデルターレンシス、
ホモ・エレクトスに
寝首を掻かれることもなく、　飢えもない
ここはすべてが象徴で
嫌になるほどの仕事を嬉々としてこなしては
すりつぶされた心と
肩の凝りと、　背中の痛みを抱えて
帰っていく
しかし人生を預けた住宅ローンの結晶では

夏になれば黒くて悍ましい虫が出て
またわれわれは殺戮の記憶装置の起動を確認する
象徴としての恐怖に突き動かされて
アドレナリンの脈動とともに呼吸しながら
ああ、あと何年、などと絶望して言う
なぜだか、
にほんで、
いきているということ
青い時間の中でネオンの明かりがぼんやりと浮かぶ
そんな
美しいと思える時間の中に
われわれは立っていると
さて、帰ろうか

なんて思う瞬間もあって
泣きはらしたあと
27歳で死ぬのだと思っていた
今年で37になる
来年は38になる
そのあとも、
なぜだかまた、
新宿三丁目の夕暮れに生きている、
ということ

IV

夜へといたる

タイムラインはまぶしい昼下がりのランチの風景を見せた
窓から差し込む
夕闇の迫り
灯された光は雲に覆われ
人々のいとなみは隠されたまま
空だけが色づく

無数の電線の影がゆれる

私を経て
あなたへと至り
また、誰かがいるところへと
明るい光がブラインドの等間隔の影とともに
ひとときの優雅な時間を演出していた

青じそと小海老のペペロンチーノ
ガーリックオイルの香ばしい香り
スプーンとフォークの擦れる音
コーヒーカップとソーサーが絶え間ない逢瀬を重ね
アイスティーの氷が溶けていくころ
ストローの包み紙を弄んで誰もが語るのだった

最近、大学時代の友人が結婚したこと
どうやらできちゃった結婚らしいこと
なのに、彼が海外出張が多くてなんだか可哀そうだとか
でも、そんなことが妬ましいのか
ほんとうのしあわせってさあ、
なんて語ってみたりして
そういえば、見た？　テレビでさ、
なんかよくわからない歌うたうおじさんがいてね、
タレントの名前にメロディつけて歌うんだけど
ぜんぶおなじになっちゃうの
おもしろいけど、
あれでどうやって生きてるんだろうね
すごい気になる

気になる
そこに、
紛れもなく人々の生活があるのだから

生きることの喜びと
日々を生きるための彩りとは

いつでも、
空ばかりが明るいのはなぜ
夕闇が迫っても空は光を失わない
こんな日は、
ふと高いビルを見上げたくなることがあって
新宿の高層ビルの下に佇んで

あのビルの一つ一つの窓のなかのことを考えてみたりする
でも、見たこともないものは夢見ることもできなくて
ビルの間にはさまれた狭い空を見上げると
湾曲したビルが高く空に吸い込まれていくようで
眠りから醒めたときのように心臓が高鳴る
空のなかへ落ちていく感覚が
この世界の真実を語っているような気がしてならなくて

夜は、徐々にその色合いを深めていく
夜は、空からやってくる
夜は、たどりつくものであり、
また、
世界が色を失うまえにあるものをおもうときなのだ

あの赤い夕陽を見たこと
深紅の海を眺めているような
そんな都会の風景をあなたも見つめている
私たちは、
こんなに鮮やかな色彩のなかを生きている
この世界に思わず太陽を描き込んでしまったわけに
あなたはもう気が付いているのではないか

こんなに美しいのに
目をあけたまま
目をとじていたいなんて

永遠の夕暮れと夜の訪れを
波打ち際のような人生を生きる

鳥が
白いいびつなかたちをして
飛んでいくのが見える
日は沈み、夕闇が迫る
そのときは訪れ
私たちは空を見上げて言う――
「もうすぐ、夜へといたる」

あのときはどうして

そのときにはなかったあのときのことを
夏の終わりに、きみはひとり、部屋のなかでおもっている

あれは
きみの弟が泊まりにきた夜のこと
東京で一人暮らしをしている部屋を
きみは休みのうちに模様替えをして
ようやくきれいになったのをよろこんでいた

弟と麦茶を飲みながら
将来のことや仕事のことを語っているきみは、
ひさしぶりに晴れやかな顔をしていた
あのとき
それは、実は昨日のことなんだけど
きみは、懐かしくてたまらなくなっている

あれも
きみが盆に実家に帰ったときのこと
死んだばあさんに会いにいくときみは言ったけど
実はそれを口実にして東京から逃げ帰ったということを
きみの母親は知っていた
何もなくなった昔の部屋に大の字になって

堅い床から見上げた窓のむこうがただ青くて
きみは遠い日のなかに帰っていく
あのとき
それも、そんなに昔のことじゃないのに

どうして、いま、こうして、
生きているのだろう

——きみはおもう

どうして、そのときは、
めのまえをただ通り過ぎて
あのときは、

いま、こうして、めのまえにあらわれて
この世界を曇らせるのだろう

でも、きみは
きみに贈られたその曇った世界に、
たしかなそのときがあるような気がして
ちかごろ急に年をとってしまったじいさんを
車椅子でおしながら歩いた
きみの暑い夏の日をおもっている

夜灯

帰り道は静まりかえっている
誰もいないので
道路の真ん中を歩いていると
雨上がりのアスファルトに滲む
人の気配を感じる

ふと見ると
街灯が首を垂れて整列している

どれもが、
世界にたったひとりのように立って
暗がりを照らしている

白い光の草むら
アイリスの置き手紙
微笑む雨露と手をつなぐ群青
生茂る葉波にハニートーストの歯形
ミルクティーをまぜる眼差しと
何事かを語る口唇の脈拍
抱擁のシトラス、 シアバターの溶ける素肌
乳化するセックスのあとの

夜明けまで沈んでいる海から
つまみだされた太陽
それらが
信じていた光

それは
わたしの古いアパートにも灯っている

二階建てのアパートの
一つ一つの扉をあけると
人が、 生きている
でも、
あるとき、

アパートの二階に
二〇四号室と
二〇九号室がないことに気づいた
人の、信じるということが
二〇四号室も二〇九号室も
余白のなかに消してしまう

あったはずの生活が、
アパートの
燻んだ灯りの奥底に
溜まっていく

そうして

街のあちこちで
帰るあてをなくした光が灯る
世界にたったひとりのように
信じて、待っている

片付け

遮光カーテンの
薄明りの部屋
ローコントラストの朝
床に置かれたままのシャツ
脱ぎ捨てられた靴下の片割れ
読み途中のまま積まれた本と
いつからあるのかわからない
飲みかけのペットボトル

黄色い静物たち
あるいは
倦怠そのもののような
休日に
なぜこんなにも散らかっているのかと
いつも
はじめてのように途方に暮れる

とはいえ
こうも散らかる原因については
とうに答えは出ていた

このものたちに
帰る場所がないからである

帰る場所のないものたちは
路頭に迷うしかなく
住人の都合で端に寄せられたり積まれたりするだけで
身の置き所なく
何年も何年も雨ざらしの生活を送り
部屋の隅のほうで埃をかぶっている

いつか
部屋から逃げるようにして
休日の公園で芝生に転がっていると

公園には
どこからともなく
多くの人々がやってくることに気づいた
芝生をとことことかける子どもを追う
若い父親とあとから
ゆっくりと歩いてくる
ベビーカーをおした若い母親
風にそよぐ緑の木立と
広い空を飛ぶ鳥たちを見て
しずかにベンチに座っている老夫婦
みな
どこからかやってきて
どこかへと帰っていく

それが
なんだか不思議なことに思えた
ここにいる一人ひとりが
それぞれの人生を歩んで
それぞれが帰る場所を持っている

ただそれだけのことなのに

休日に
この路頭に迷ったものたちの片付けをはじめた
しわだらけになったシャツやスラックス
つがいとはなればなれになった靴下
くたびれて埃をかぶったセーターに

住まいをあたえていった

クローゼット二番地三丁目はアランセーター
そういえば
海辺の国の漁師町で生まれたという
このセーターは
漁師が海で果てても
その編み模様が家族のもとへ
導いてくれるという話を聞いたことがあったが
自分にも
そんな
帰る場所があるのだった

一日がかりで片付けをしたあと
部屋中を見てまわった
祖父から譲り受けた
老齢のセーターは
休日の終わりを前にして
クローゼットのなかで
安心して
羊毛を休ませているように見えた

きみと猫と、クラムチャウダー

発行日：　2023年11月26日

著者：　佐々木蒼馬

発行者：　後藤聖子

発行所：　七月堂
〒154-0021 東京都世田谷区豪徳寺1-2-7
電話：03-6804-4788
FAX：03-6804-4787

印刷・製本：　モリモト印刷

Printed in Japan
ISBN 978-4-87944-556-8　C0092